诗与远方同在

HULUNBEIER
LIUYUN

呼伦贝尔流韵

闫传佳 著

敦煌文艺出版社

图书在版编目（CIP）数据

呼伦贝尔流韵 / 闫传佳著. –– 兰州：敦煌文艺出版社，2023.8

ISBN 978–7–5468–2427–7

Ⅰ.①呼… Ⅱ.①闫… Ⅲ.①诗词—作品集—中国—当代 Ⅳ.①I227

中国国家版本馆CIP数据核字（2023）第160452号

呼伦贝尔流韵

闫传佳　著

责任编辑：曾　红
特约编辑：尚晶晶
封面设计：刘　畅
特约策划：乐编乐读

敦煌文艺出版社出版、发行

地址：（730030）兰州市城关区读者大道568号

邮箱：dunhuangwenyi1958@126.com

0931–2131556（编辑部）

0931–2131387（发行部）

天津鑫恒彩印刷有限公司印刷

开本　880 毫米×1230毫米　1/32　印张　8　字数　70千

2024年5月第1版　2024年5月第1次印刷

印数　1～2100 册

ISBN 978–7–5468–2427–7

定价：48.00元

［前　言］

　　从西汉至清朝的两千年间，呼伦贝尔以其富饶的自然资源，孕育了东胡、匈奴、鲜卑、突厥、契丹、女真、蒙古等十几个游牧民族，创造了灿烂的中国北方游牧文化。

　　作为中国北方游牧民族的历史后院和摇篮，孕育勇气，诞生英雄，唱颂史诗的呼伦贝尔大草原，这里不仅有奶的哺育、酒的壮行、血的洗礼、火的升华、爱的滋润，更有白云和蓝天的相伴、草原和大地的相守、骏马和西风的相随、蒙古人和马背的传说、北魏王朝和中原大地的故事、成吉思汗和草原王国的历史……

　　呼伦贝尔大草原，就像凝固的大海。她在养育中国北方游牧民族的同时，也在人类历史的长河中造就了无数的天地英雄。大森林里走出了一代王朝，大草原上驰骋着一代天骄。英雄在改变着历史。历史长河中最经久不衰的故事，是惊天地、泣鬼神的英雄史诗！当人们从历史巍峨的背影中收回仰视的目光才惊奇地发现，今天的呼伦贝尔人已经把英雄的故事酿成了烈酒，唱成了壮歌。到呼伦贝尔无需感受大草原的震撼，只要品"酒"唱"歌"，就可以触摸萦绕在梦里那些可歌可泣、千回百转的天地英雄。风从草原走过，吹散多少传说，留下的是那些说不完的故事。历史不断更迭，那些已经吹散的故事早已被甘醇的美酒和香甜的奶茶酿成了长调，唱响在广袤的草原，回旋在浩瀚的牧场，激荡于鲜为人知的苍山古洞，跳跃在松涛阵阵的林海，徘徊在星罗棋布的河湖，呼唤着白云下悠悠的牛、马、驼、羊。

呼伦贝尔，头顶界河听雄鸡鸣唱，背依兴安舞历史长龙，怀抱千顷沃野，看雄鹰展翅蓝天，脚踏两湖弄时代大潮。听，琴声悠扬，韵律中透着粗犷和辽阔。看，草原苍茫，天地间流淌着美丽与神奇。旷野中恰如天籁之音的马头琴长调，仿佛述说着神秘和久远。散落在河边的蒙古包，载着牧人的历史和千年跋涉！从天边由远至近，那条蒙古文字般的小河千折百回，恰如涓涓流淌的草原血脉，滋润着牧野沃土。

呼伦贝尔历史悠久，文化底蕴深厚，天然的大草原、大森林、大湖泊足以让呼伦贝尔人心中充满自豪。当你融入大自然，接近英雄的民族，感叹悠久的历史，享受绿色拥抱的刹那，你的情、你的歌就会在胸中自然流淌。这也正是诗人填词、吟诗的动力源泉和真实感受。国内很多大家寄情呼伦贝尔，其诗词力作堪称典范，本人仅以呼伦贝尔旅游景区为载体偶得片言只语，还十分稚嫩，旨在弘扬草原民族文化。愿天蓝、水清、草绿、神秘、久远、博大的呼伦贝尔能成为读者梦中的乐园。

正所谓：天圆地方，我们同在一个星球；心笃人和，我们共爱一方热土。期盼有识之士做客大草原，与我们共享大自然的欢乐。

闫传佳

2023年3月18日

［目　录］

SHICI 诗词篇 PIAN

沁园春·呼伦贝尔

千里江天，

万里苍茫，

莽莽碧川。

观界河浪涌，

水清天蓝。

沃野辽阔，

马啸羊欢。

鱼驰呼伦，

鸟鸣兴安，

深山古洞立苍岩。

跨三国，

让四邻叹惊，

世界雄瞻。

曾忆拓跋北魏，

一代天骄驰骋草原。

三少子民悍，

物竞天择，

赓续绵延，

伟业中天。

鲲鹏九万，

扬起波澜，

丹心豪气铸华年。

续史篇，

看吾辈乘风，

叱咤边关。

水调歌头 · 风雨呼伦湖

瀚水连天涌，

浩渺与海同。

水阔天蓝无际，

浪涌千座峰。

云搅涛叠拍岸，

气卷堆雪龙生，

烟波势万顷。

风雨云和弦，

如万骑裂空。

哺江河，

吞四岸，

精气凝。

拓跋大泽饮马，

树北魏雄风。

天经地志永记，

长风万里雷霆，

彪后震苍穹，

名冠青史耀，

光昭日月弘。

满江红·成吉思汗拴马桩①

东望水瀚，

苍岩立，

涛声云卷。

忆当年，

成祖歇处，

凭却江山。

傍大泽厉兵秣马，

倚沃野造车铸箭。

西疆北界争雄无限，

天地宽。

弓满月，

箭上弦。

弯刀闪，

敌胆寒。

策烈马阵前，

东征北战。

展宏愿气吞山河，

拓疆土辟地开天。

铁骑驱欧亚扫边关，

荐史篇！

注释

1. 成吉思汗拴马桩：位于阿巴嘎旗查干淖尔镇乌兰图嘎查境内，传说成吉思汗曾经在这里训练兵马，拴马于此，故命此名。

满江红 · 龙岩山

登临龙岩，
竭大汗，
策马弯弓。
忆当年，
金戈铁马，
东征西战。
驱铁骑横贯欧亚，
挥弯刀凭却江山。
大泽朔漠施展宏愿，
万马喧。
拓疆土，
称可汗。
成大统，
子民悍。
驰烈马踏遍，
万里山川。
霸业著春秋史册，
光焰射斗牛垂天。
英雄驻马傲视寰宇，
冲霄汉。

水调歌头 · 谒萨满铜像

头顶碧云天，
脚下平湖走。
皮鼓摇动千载，
迎风耸云头。
谁道江浸岁月，
毕竟滚滚东流，
风雨几时休？
苍颜长虬展，
神曲春秋留。
祈风调，
觅雨顺，
富民候。
荡天立地，
祭语示千古悠悠。
山川塞北登临，
云台金界览胜，
尝试与天谋。
童叟躬身敬，
普天庶民投。

沁园春·莫尔道嘎①国家森林公园

纵横叠嶂，

一目九岭，

万峰葱茏。

流泉飞瀑下，

万马嘶鸣。

百川急泻，

劲溅欲东。

红豆坡缓，

苍林涛声。

尽展数抱长寿松。

白鹿远，

苍浪顾河近，

激流波涌。

碧莽四面重重，

引来天外座座峰。

塞外奇岭秀，

鬼斧神工。

云海天地，

烟水蒙蒙。

擎天蔽日，

深山古洞，

天小山大气如虹。

观林海，

看旭日东升，

虎跃龙腾。

注释

1. 莫尔道嘎：内蒙古自治区呼伦贝尔市额尔古纳市北部的一个小镇。

水龙吟·咏国门①

俯瞰欧亚两端，

东北望神州雄悍。

登临放眼，

沃野江天。

国门矗立，

豪壮威严。

光射斗牛，

四邻惊叹！

依天万里挥剑，

两洲截断。

立边陲，

观变迁。

沧桑卓立百年，

跨世纪，

换了人间。

古道新颜，

干戈玉帛，

兄弟手牵。

商贾云集，

交流往来，
互兴口岸。
两国携洲连，
同舟共济，
破浪扬帆。

注释

1. 国门：此处指中国满洲里与俄罗斯交界的国门景区，现为第五代国门。

水调歌头·嘎仙之秋

古洞半山悬，
层林四面染。
霜凝九月初寒，
群山尽斑斓。
碧叶绽黄烟翠，
清流叠彩波缓，
浓雾遮峰峦。
斜阳古松静，
薄云挂苍山。

迁大泽，
立北魏，
入中原。
英雄江海豪壮，
弹指越千年。
古洞凿壁祭祖，
苍岩刻岫留言，
一时登临见。
流芳逾千载，
看万里江山。

南乡子·忆英雄母亲折箭誓儿[1]

大泽望神州，

塞外疆土一望收。

部落纷争谁敌手，

母忧，

折箭誓儿万古流。

往昔岁月久，

大漠征战志未酬。

一代天骄施良谋，

成祖，

策马挽弓统诸侯。

注释

1. 折箭誓儿：成吉思汗的母亲诃额仑非常贤慧，并且教子有方。她有五个孩子，为了教育年幼的几个孩子，诃额仑经常讲自己母亲教育孩子们要团结的故事。并教导他们"一箭易折，五箭难断，五子团结，强敌必败"。

诉衷情 · 咏英雄母亲

曾闻折箭誓成城，

毅母示儿衷。

终赢王师北定，

慰泉下乃翁。

成祖立，

塞外风，

成大统。

此生谁论？

心系大泽，

身后美名。

忆秦娥·蒙古包

牧野旷，
毡房炊烟长调悠。
长调悠，
马头琴伴，
碧草芳洲。
蓝天白云穹顶绕，
苍原千载追日走。
追日走，
严冬傲雪，
绿海荡舟。

江城子·蓝村部落观驯马

牧人彪悍马杆长，

左执辔，

右策缰。

缨帽落肩，

驱骑掠平岗。

数里横烟赛驰骛，

越陡坡，

尘飞扬。

烈驹翻蹄草上狂，

鬃尾参，

嘶鸣彰。

四蹄空翔，

作的卢飞快。

恰似离弦雕弓箭，

马骁勇，

人更强。

蝶恋花·敖包山^①十五月圆

芳草长川悬玉盘。

新晴月皎，

霜染敖包山。

倩影聚琴悠歌亢，

恋情牵眸澈语绵。

执手相约夜不眠。

曲终人远，

嬉戏结簪还。

惜年华包前欢悦，

寄相思十五月圆。

注释

1. 敖包山：鄂温克旗—白音胡硕景区，敖包所在的山岗上，称为敖包山。

清平乐·咏吊桥公园①

夏别秋浓，
幽径品蛙鸣。
满园斜阳映树影，
吊桥卧水更清。
古榆杨柳天高，
晚来薄雾缥缈。
金秋扎兰览胜，
铁索月光轻摇。

注释

1. 吊桥公园：指扎兰屯吊桥公园，位于内蒙古呼伦贝尔市，国家4A级景区，也是扎
兰屯市地标建筑之一。

踏莎行 · 秋住红花尔基①

樟树月影!

天高水清,

木屋松色与秋同。

晚风云露天接雨,

空林幽径流水声。

烟波峰翠,

远空雁鸣。

暖屋芳意行酒令,

岁华摇落昨梦醒,

雾抱晓云伴人行。

注释

1. 红花尔基:位于鄂温克旗境内,既是一个林业镇,也是一个著名景区。

百字令·红花尔基春色

樟林万顷，
叠翠绕山峦，
春染浓绿。
雨洗千峰溪相连，
催送春柔夏恋。
木屋晚晴，
新雨池满，
远山华翠艳。
闲云拖雾，
凉爽透入林间。

细观对峰云下，
万绿无瑕，
落日熔金挂。
苍林激雨无纤尘，
顿觉新鲜初化。
山依斜阳，
近峰云彩，
风摇鲜枝动。
溪流月隐，
唯有花香浓。

如梦令·金海岸^①

水清草绿天蓝，
湖暖沙柔芳甸。
烟波浩渺天际，
鱼鸥飞浪溅。
浪溅，浪溅，
一色春水长天。

注释

1. 金海岸：此处特指呼伦贝尔的国家级旅游景区——呼伦湖金海岸景区，这里湖床
平坦，水面宽阔，湖水清澈，虽不是海，却有着比海更美的景致。

蝶恋花·甘珠尔庙①

炉香坛静坐佛端。

磬音轻伴，

善缘入草原。

苍生不谙高台意，

祷祝风雨遂人愿。

敬擎香火立佛前。

深揖虔诚，

躬身默默念。

断壁残垣四十载，

盛世碧瓦接朱檐。

注释

1. 甘珠尔庙：又称寿宁寺，是呼伦贝尔地区最大的喇嘛庙。

忆秦娥·金帐汗[1]

水干弯,
碧海浪涌川连川。
川连川,
烈马嘶鸣,
沃野羊欢。
天低云近琴声远,
夕阳滴绿金帐汗。
金帐汗,
百花绣地,
天堂草原。

注释

1. 金帐汗：此处指金帐汗旅游部落，属国家4A级旅游景区，是呼伦贝尔唯一一个以游牧部落为景观的旅游景点，位于呼伦贝尔草原"中国第一曲水"的莫尔格勒河畔。

渔家傲·观秀水①雪中杜鹃

半山残雪立枝头，

五月杜鹃花独秀。

青岩流泉唤绿叶。

放眼收，

峰峦绕云落雾稠。

近山已去远水游，

飞花翩翩雪中留。

碧波一道报春暖。

云水间，

白雪花红展画轴。

注释

1. 秀水：指位于扎兰屯市的自然风景区。

蝶恋花·五月相思谷

青霭朦胧染碧树。
柔影幽芳，
秀谷暖春雾。
轻风伴云伴雨，
露华枝头滑落。
杜鹃盈盈红满树。
谁在相思，
春留相思谷。
片片相思寄情梦，
人间真个好去处。

卜算子·咏西山松

樟松针如铁，
凛凛傲雪风。
虬枝呼啸数百年，
岿然见本性。
云吞气盖世，
凝霜坐如钟。
岁寒挺拔立苍天，
高洁势不穷。

西江月·吴琼花[1]

村南三里陌上，
夕阳芳树炊烟。
庭院彩裙歌伴舞，
姑娘欢荡秋千。
春水盈池鱼跃，
绿蛙塘边悠然。
偶有片云几点雨，
稻花再兆丰年。

注释

1. 吴琼花：位于扎兰屯市成吉思汗镇南三千米处的朝鲜族旅游景点。

卜算子·咏查干湖①

春水烟波笼，

晓云细雨聚。

湖暖鸭知何处去，

绿岸嫩枝里。

春来去冬寒，

柳丛鱼戏欢。

欲感湖周春色近，

松山辨鸟喧。

注释

1. 查干湖：蒙古语为"查干淖尔"，意为白色圣洁的湖，位于吉林省西北部的郭尔罗斯蒙古族自治县境内，是中国的十大淡水湖之一。

浪淘沙 · 晨光生态园①

晨光春水静，

草绿芳幽，

暖溪碧树隐木楼。

嫩芽含露沃野润，

牛羊悠悠。

新雨涤翠柳，

蝶嘻枝头，

清流波动飞絮漫。

苍原笼绿万花稠，

满池凝秀。

注释

1. 晨光生态园：位于呼伦贝尔市鄂温克族自治旗的国家级旅游景区。

诉衷情 · 夜宿晨光生态园

翠柳枝垂小溪长，
粉蝶戏花忙。
羔羊欢追芳草，
鱼跃春池涨。
日西斜，
熔金亮，
晚霞妆。
一缕炊烟，
木屋影下，
满地霞光。

浣溪沙·观伊兰景区①

清流潺潺野花随，
牛羊悠悠落霞里，
绿岛芬芳伴斜晖。
一曲长调酒一杯，
伊兰六月和春醉，
夕阳西下不知归。

注释

1. 伊兰景区：这是呼伦贝尔市鄂温克旗自治区的一个景区。

蝶恋花 · 鄂温克伊兰景区寄语

兰花斗艳齐芳草。

历春暮时，

碧水环岛绕。

翠柳轻摇夕阳度，

落毡房炊烟袅袅。

溪流千折百回复。

两岸花娆，

牧人春归早。

苍原晚日余晖里，

乳香飘散听长调。

菩萨蛮·咏鄂温克白音呼硕

日落熔金炊烟织，
河弯三甩两岸碧。
芳色春溪走，
白云毡房留。
流霞滴翠润，
百草兰花浓。
乐游园上归，
又见夕阳红。

满江红·激流雨

激流荡空，
浪涛卷，
雷霆裂嶂。
岸堆雪，
呼啸北上，
碧海冲浪。
苍狼白鹿绝地走，
高岩深壑掠平岗。
霎时天摇劈如溃海，
浩浩荡。

云飞涨，
急雨狂。
山欲坠，
风愈强。
雷电巅上乱，
万仞俱扬。
风熄处斜阳吐翠，
急雨后新情尽放。
四面碧峰林海浓妆，
绿色淌。

沁园春·兴安岭之行

峰峦叠嶂，

北纵南延，

群山峻岭。

飞流惊湍走，

深壑高岩，

奥克里堆①，

达尔滨罗②。

苍山古洞，

石塘林巇。

秀谷数抱倒拔松。

莽碧川，

激流穿岫出，

万马声喧。

一目九岭茫茫，

听松涛裂嶂万峰传。

壁立千仞刚，

毅然凛凛，

乱云飞渡，

万古流连。

人在其间，

渺小无限，

何以文章吟诗荐。

在歧路，

叹春秋岁月，

似水流年。

注释

1. 奥克里堆：根河市内的一座山，在大兴安岭北部林区。

2. 达尔滨罗：鄂伦春旗的一个景区。

南柯子·草原恋歌

万里接天边，
更觉大地圆。
冬夏寒暑声声唤，
又逢盛夏时节，
游人恋。
马踏绿洲近，
轻风竖炊烟。
碧岸花香沃野阔，
绿浪托起满天，
大草原。

卜算子·游草原

水是呼伦阔，

山是兴安远。

敢问行人去哪里，

莽莽大草原。

牛羊悠闲去，

赏驼马声喧。

奶茶烈酒酿长调，

曲终人不散。

八声甘州·醉卧草原遐思

古原初新草，
眺长川千折毡房绕。
想风发意气，
志在千里，
正当年少。
卧看蓝天白云渡，
惊浪骇滔滔。
转瞬去无还，
苍原浩浩。
如练银河东流，
丰润岸边草，
万里迢迢。
营车追日落，
走马何知遥？
生生不息成今古，
魂牵梦绕英雄逞豪。
岁月晓，
长河日红，
炊烟缥缈。

蝶恋花·春落草原

又逢嫩草吐雨露，
马踏绿洲，
阅尽新春路。
芊草连天鹰飞处，
毡房炊烟矮穹庐。
春雨伴云天外渡，
凭借轻风，
吹绿成夏暑。
最喜应是花栖蝶，
情钟百草穿梭舞。

破阵子·柴河山行①

拔地千仞如云，

览天一线裂缝。

徒攀唯觉云破壁，

樵夫躬身去欲停，

彩岩盘绝顶。

乱云峰半挂树，

流泉谷底回声。

仲夏阴坡遗残雪，

秋暮满山绿带红，

丹青入画屏。

注释

1. 柴河山行：呼伦贝尔市扎兰屯市的一个地名，山行是诗的名字。

念奴娇·诺门罕①

一水横陈，

望苍原，

战火磷烧漠北。

西高东低，

天堑险，

两军隔河相对。

裂电闪过，

连岗铅雨，

东瀛霸图溃。

叹旧山河，

谁挽乾坤施慧？

英雄旌旗壮岁，

敌靡弃甲丢盔，

万马平寇。

俄蒙长驱，

中流誓，

三岛落魄劫灰。

梦断他乡，

留荒冢野鬼，

砥柱倾颓。

目尽青天,

知何处终属谁。

注释

1. 诺门罕：指内蒙古自治区呼伦贝尔新巴尔虎左旗古战场。

点绛唇·苍狼山①上

高亭流云，

迎风独傲万峰上。

谁与吾享？

万顷碧波荡。

壮年情洒，

蓝天豪情畅。

忆当初，

激扬文字，

豪放比丬祥。

注释

1. 苍狼山：位于内蒙古自治区呼伦贝尔市额尔古纳市境内。

沁园春·敖鲁古雅^①行

莽莽碧川，

白云飘渡，

绿浪翻涌。

逶迤群山行，

小溪春暮，

鹿哨飞鸣，

烟光弄晴。

仙人柱下，

斜阳树影，

芳径归晚十万松。

盛夏暖，

看兴安神灵，

使鹿情钟。

驮角来去匆匆，

阅尽山林逾三百载，

密林隐其踪。

绿白两极，

春秋寒暑，

魂牵猎情。

梦归营地，

寂寞山空，

盼猎神晚来万数峰。

待重头，

问苍河日月，

狩猎情浓。

注释

1. 敖鲁古雅：位于内蒙古自治区呼伦贝尔根河市，是鄂温克语，意为"杨树林茂盛的地方"。

点绛唇·敖鲁古雅密林

群峰逶迤，

兴安山势落碧海。

波涛万顷，

披天巨浪来。

中原界外，

岭呈裂嶂开。

松涛吼，

云随山去，

势挟荡胸怀。

南柯子·猎民家行

鹿营炊烟浓，
驮角松间动。
老妪微笑迎客至，
又是一年别冬迎春风。
斜阴藏树影，
远山新雨晴。
池新路遥化雪时，
恰逢今朝顶起座座峰。

浣溪沙·石塘林①

百鸟林塘度画桥，

龟石踏遍路已迷，

寻路远近已逍遥。

古木龟岩山外路，

支崖石卧天下小，

砥柱青霭入石潮。

注释

1. 石塘林：位于内蒙古自治区兴安盟阿尔山市，是大兴安岭奇景之一，是第四纪火山爆发的地质遗迹，也是联合国A级保护区。

日落草原

日入苍原草气熏，
霞光万里自登临。
草海碧绿追日走，
毡房洁白落闲云。
云草相接融天地，
风云契含伴酒樽。
烈马翻蹄远来近，
欢羊信步视牧人。

春历草原

春风沐草原，
候鸟栖湖边。
碧吞千里云，
草接入蓝天。
空近香晴浸，
毡房立炊烟。
何人把琴奏，
牧歌长调远。

晚宿草原

白云舒卷天上闲，
夕阳余晖落草原。
弓藏马竭人何去，
毡房歌声伴人眠。

草原长调

长调悠悠千古传，
穹庐绕曲属天然。
飘过云海几万里，
直伴炊烟唱草原。
霎时奔腾千骑远，
忽尔毡房卧水边。
仿佛牛羊追绿走，
化作长河落日圆。

春夜宿草原

春暮绿野送轻风，
草色烟波入画屏。
曲水千折无声去，
清冥万籁月空明。
塞上碧草微风动，
阔野凝翠落繁星。
毡房歌罢炊烟落，
湖畔琴弦篝火红。
放眼四顾千顷碧，
纵览苍原一荡胸。
夜笼花芳香四溢，
曾留诗书寄平生。

登玫瑰峰①

云雾缥缈玫瑰峰，
三峰耸立谁为雄？
荦确苍岩空中挂，
突兀怪险何时成。
绝地朝南春色尽，
天开向北夕阳空。
登顶方知天地小，
临近更叹造化工。

注释

1. **玫瑰峰**：位于内蒙古自治区阿尔山市，当地又称红砬子。其山体由花岗正长岩和红
色砂岩组成，总体呈红褐色。

赏西山松

高洁孤芳压俗枝，
挺拔自直傲骨姿。
生来遒劲高且贵，
方知根牢卧雪直。

成吉思汗拴马桩（一）

一柱擎天似剑锋，
成祖饮马岁峥嵘。
东征西战成大统，
马桩犹在岁月悠。

成吉思汗拴马桩（二）

遥望烟雨浩渺间，
瀚水孤峰入云端。
闻道成祖歇马处，
心随潮涌想联翩。
东望平湖共一天，
折戟岁月魂梦牵。
大泽历代无穷已，
名冠青史北斗悬。
陡然一峰云海巅，
势削云破点苍山。
擎天倚马观沧海，
凝结天地气苍然。
孤峰卓立越千年，
湖阔云吞奔四岸。
潮起潮落连天雪，
一柱撑起水中天。

呼伦贝尔抒怀

头顶界河①听浪涌，

东依兴安舞长龙。

脚踏两湖弄大潮，

千顷沃野抱怀中。

江河从来万山出，

百回千折复向东。

额嫩②东西南北走，

两湖一河③碧水横。

丹嶂翠屏山势工，

绿海形胜藏钟灵。

苍原沃野铺天际，

河湖交错天地宏。

碧浪风翻百草动，

烟波秀色染苍穹。

牧野毡房散落处，

鹰翔穿庐振长空。

连接欧亚两洲通，

雄踞三国④扬威名。

八口⑤通商圆旧梦，

华夏盛世展画屏。

注释

1. 界河：指额尔古纳河。

2. 额嫩：指额尔古纳河、嫩江。

3. 两湖一河：呼伦湖、贝尔湖和乌尔逊河。

4. 三国：满洲里市的地名，被称为达鸣力亚，是中俄蒙交界的地方。

5. 八口：八个口岸。呼伦贝尔共有8个国家级一、二类通商口岸。

兴安岭抒怀

盘古开天划世界，
黄帝造物展奇才。
中原岂知有奇岭，
众山驱出天地外。
峰岭逶迤向天横，
层峦川险呈雄怪。
一目九岭浮云过，
万岭入天裂嶂开。
群壑天堑川流险，
入山方知不复还。
俯瞰千峰脚下踩，
回眸万川去复来。
激流北去搅龙升，
流泉飞瀑挂云彩。
背依青天面大川，
头顶浮云观碧海。
怪石荦却突元出，
苍山古洞幽径窄。
隔峰不知身何处，

处处皆立青山外。

奇峰抬手随一指，

乱云出入任意摘。

入林天小青山大，

画轴尽展次第开。

万里兴安精气凝，

风翻气卷现龙脉。

山川自古雄图壮，

尽携乾坤入砚台。

马头琴赋

马头高昂马尾弦，
头尾和弦奏华年。
原野圆梦伴马走，
毡房长调共枕眠。
经风经雨留冷暖，
共白共绿托炊烟。
时悠时远守芳草，
或缠或绵化心愿。
琴声催月追日走，
余音逐水绕天边。
唱红晚晴篝火醉，
划破晓云紫霞嫣。

海拉尔纪念园^①

勿忘台下清河水，
中间多少劳工泪。
白骨嶙峋填沟壑，
国破苍生魂不归。
知耻寻梦终不悔，
岂使江河付劫毁。
如许神伤图国恨，
誓将乾坤力挽回。
碧血丹心复劫难，
长风倚剑展雄才。
遗垒犹存荐血史，
尚思效国意满怀。
前人泪尽残垣里，
华夏九州动地来。

注释

1. 海拉尔纪念园：此处指"世界反法西斯战争海拉尔纪念园"，园区修建在海拉尔河岸边的高地上。

海拉尔西山国家森林公园

壮观西山在一松，
虬枝尽展掩雌雄。
根坡筑牢顶天地，
极目沧海作合声。
林聚云气凝松峰，
似结波涛势不穷。
是时兴我至千里，
山经地志紧相容。
周而复始名人峰[①]，
争奇斗艳各取成。
融结雄壮精气旺，
紫日松前入青红。
松风远叠万千重，
岁月春秋与此同。
世事犹尽风物在，
百年圣地留芳名。

注释

1. 名人峰：指公园内的一处景观。

临满洲里^①感言

徒闻壮士辅神州，
魂倾关山属名流。
国门铸剑寄长啸，
华夏雄关居上游。
今朝建功重抖擞，
经年续史施良谋。
边陲奋书度神曲，
瞩世凭栏振列侯。
意存金瓯志不休，
绝域新颜岁月遒。
神鹰追日掠空近，
铁龙气卷越两洲。
遥寻关河十几秋，
雄图通衢共济舟。
登台剑舞谁与共，
纵马平生劲方遒。

注释

1. 满洲里：是内蒙古自治区计划单列市，是中国最大的陆运口岸城市，被誉为"东亚之窗"。

出境处^①感言

先辈身影何处寻，
峥嵘岁月气萧森。
匆匆作别赴异国，
阵阵传来弄潮音。
历艰续写社稷文，
乘时帷幄聚民心。
卧辙寒暑铭记此，
丰碑春秋祭雄魂。

注释

1. 出境处：满洲里国门景区内的一个景点。

满洲里火车头广场①感言

金瓯已逾百年多，
腾越世纪历坎坷。
急风纵雨走欧亚，
挥手之间赴关河。
岁月沧桑他乡走，
胸满乾坤运帷幄。
弛掣边关赶日月，
异国撑天跃险坡。
瀚海苍茫任东西，
万里阅尽高加索。
茫茫林海匆匆行，
掠过草原越沟壑。
铁龙滚滚一线渡，
轩辕风雨任凭说。
征人驻马观世界，
九州五岳仅两辙。

注释

1. 火车头广场：满洲里市景区之一。

国门①咏怀

仰望我国门，

凝气中华魂。

放眼登高眺，

壮哉喜登临。

铁龙②脚下过，

东望总是春。

巍峨释华夏，

荣荐炎黄孙。

回眸江山秀，

万里耀乾坤。

注释

1. 国门：呼伦贝尔满洲里第五代国门是中国陆路口岸最大的国门，也是著名景区。

2. 铁龙：指国门下通过的列车。

小河口^①观雨听涛

夜来急雨飞天落，

湖波携涛去复来。

朔风呼云卷潮下，

尽赏浪峰水流徊。

千里烟笼沙岸没，

万马声喧巨浪拍。

忽起银山雄峰乱，

气吞四岸如溃海。

云磨雨洗空如碧，

日喷霞散彩云开。

青霭茫茫周天阔，

晓雾渺渺随风摆。

注释

1. 小河口：呼伦湖景区景点之一。

秋夜宿小河口

碧波吞日落霞满，
水阔天低云可攀。
风帆已降津渡泊，
金堤无痕含紫烟。
凫骛聚岸三两对，
鱼鸥击水半寸远。
雁行鸣阵低空走，
天鹅呼伴滩上闲。
湖暝夜近秋色晚，
湾静月斜影入天。
翠华风暖独此处，
夜阑星稀何以眠。

秋住凤凰山①庄

凤凰衔水向北飞，
八月清流林中围。
静夜天低浓雾近，
秋初留客不愿回。
山苍水茫隔山望，
峰峦云梦雾里藏。
银露已知层林艳，
映带残绿一束黄。
信游山径莽苍苍，
数峰尽染立斜阳。
万壑向秋原野绘，
微雨轻寒倚山庄。
晨露凝结凤凰头，
浓雾悬空峰间走。
秋山低敛扎水②下，
碧涧红叶映清流。

注释

1. 凤凰山：牙克石境内的旅游景区。

2. 扎水：指凤凰山景区附近的扎敦河。

凤凰山雪中行

云岭银山苍茫中，
雪皑冰花胜仙宫。
壮观绝致飞影掠，
恰似凤凰驾长风。
风摇雪落霜成冰，
山舞银蛇月色琼。
天际作合风亦静，
可堪时节雪中情。
逆风飘下半山横，
山前山后雪浪涌。
凤凰知我乘风去，
高岭深坡任我行。
云峰坡转处处通，
雪洗万物世界清。
天山浮云随影泻，
银海本色冠平生。

登巴林喇嘛山①

滨洲②一线越百年，

灵岩嶙峋气苍然。

回径一水天地外，

遥见打坐欲入仙。

浮云亦作虔诚祝，

众佛何时至此缘。

神雨神风生胜景，

撞破云天下雷撼。

梦里不觉曾相识，

佛卧兴安第一观。

留得仙石成大统，

龙光紫气石相连。

雅兴俱生临此山，

感怀逸情上云端。

悬岩恢宏数不尽，

轻风笑吾词语干。

注释

1. 喇嘛山：喇嘛山风景区位于内蒙古牙克石市东部188千米处，巴林镇境内。

2. 滨洲：指滨洲铁路。

吊桥公园百年

塞外苏杭姜美园，
河柳千条古木间。
锦水如茵山色碧，
百年沉浮阅史篇。
玉露轻抚春水闲，
花径缘客入雕栏。
雨歇通幽芳树静，
风摆翠枝起微澜。
古树春深抱河湾，
水上悬桥铁索牵。
倒影摇曳银波动，
落座扎兰一百年。
白杨绿柳幽径连，
名宿骚客有遗篇。
老树新枝情万种，
寻芳塞北胜江南。
云山四面夕阳满，
秀水隔山草芊绵。
玲珑朱阁聚仙客，
堪称岭东第一观。

过柴河风景区①

万壑千岩入峰岭，
横看如削侧成平。
霎时身与诸天齐，
回首云从脚下生。
远山正拖三片雨，
近岩却隐两川清。
忽觉天小群山大，
难抑诗思一荡胸。

注释

1. 柴河风景区：位于内蒙古自治区兴安盟阿尔山市，是一处以自然风光和文化遗产
为主题的旅游胜地。

柴河行

柴岭云如海，
空山烟雨朦。
峰前千列嶂，
松响耳边声。
脚下清流泻，
谷中杜鹃红。
飞鹰眺远方，
天堑自然通。
高瀑流泉下，
裂谷送清风。
山灵藏钟秀，
自有碧水横。
涧河回萦绕，
倾崖倚正中。
云破山欲补，
月池自空明。
登顶极目远，
山高人为峰。

秀水^①春雪

长堤春暖绿枝头，

秀水雅河^②一道流。

昨夜青山疑似梦，

今日杜鹃傲雪稠。

雪落江平杳无声，

绿海杜鹃傲雪红。

青霭朦胧似不见，

唯见青山雪中横。

注释

1. 秀水：指扎兰屯市旅游景区，秀水山庄。

2. 雅河：指雅鲁河。

秀水秋行

秋日水中坠，
落花映日红。
胜地环一水，
滴翠送晚晴。
微风摇残雾，
清流波已平。
短堤含烟雨，
远山叠水声。
云掩山庄树，
秀水听蛙鸣。
路转双桥过，
声喧流泉动。
长轴徐徐展，
尽在画图中。

鹿鸣山庄①

清流紧贴绝壁啸，

轻舟浪摆任逍遥。

对岸青山回声近，

悦迎北国第一漂②。

醉宿木屋睡晚晴，

绿树青山听蛙鸣。

岸边霞影随风入，

河水如此去无声。

注释

1. 鹿鸣山庄：指扎兰屯市南木乡在雅鲁河边上的景区，该景区的漂流为主要项目。

2. 北国第一漂：雅鲁河漂流的起点，称北国第一漂。

秋住鹿鸣山

鹿鸣秋色近，
山阔林见稀。
晓云含雨绕，
雾露草上栖。
秀峰追波走，
幽径路已迷。
初霜随叶下，
林染映清溪。
人在炊烟里，
河蛙一声啼。
远山月下隐，
星弱犬语低。

雅鲁河漂流

泛舟击辑浪涛生，
昨日微雨今日停。
唯见舟飞后浪起，
对岸漂来座座峰。
隔岸天横石板山①，
绝嵊丹崖未可攀。
千寻巨壁江流险，
轻舟已过八百滩。

注释

1. 石板山：指扎兰屯雅鲁河边的石板山，此处山花盛开为一盛景。

观吉尔果天池①

池卧秋山近，

日月远连空。

气节有更替，

往来亦匆匆。

春旱水不落，

秋雨水不增。

雾气蒸云起，

烟水烟波同。

云栈屏山阅，

清晖水中停。

湿云伴细雨，

树下流泉声。

团团天地外，

山色自空明。

江天遗胜迹，

坐卧此山中。

今逢好风光，

水落不留名。

注释

1. 吉尔果天池：扎兰屯市西南一景点，天池在吉尔果山顶。

额尔古纳河^①

沃野长川接山峦，
如练银河甩三弯。
犹若狂草天公写，
船行百景忘流连。
泛波击楫浪花涌，
舟过江平雨正欢。
恰似碧毯披两岸，
云朵接地天边连。
清流挥泻原野后，
甩开草原入林间。
河暖鸭知河上走，
何时水中见青山。

注释

1. 额尔古纳河：中俄界河，全长971千米，注入黑龙江为黑龙江源头之一。

念额尔古纳

可叹岁月逝韶华，
边陲重镇久为家。
他年青春随风去，
泪洒边关走天涯。
四十功名是为啥，
苦乐年华一春夏。
回首苍原三万里，
不知何处是我家。

界河①行

泛舟击水浪里行，
截断两洲势独雄。
隔岸劈流银练舞，
划界立疆碧水横。
雄图万里感慨生，
绝塞风景看几重？
中原虽秀寻不见，
塞外独芳仅一宗。

注释

1. 界河：此处指额尔古纳河。

黑山头古城怀古吟①

古城黑山望眼收，
塞北盛夏登残楼。
惊叹王储分封地，
梦断江河万古愁。
青山茫茫绿色远，
烽烟漠漠辽宫留。
回首成祖兴霸业，
前无古人建此酋。
转瞬千年柱础见，
历代兴亡空悠悠。
沉寂寥寥空山祭，
光阴永驻世纪休。

注释

1. 黑山头古城：古城因在额尔古纳市黑山头而得名，该古城为辽代遗址，古城分内城和外城，城墙均为土筑。

黑山头古城

当年王榭古城垣，
空山一去越千年。
柱础临风万事寂，
金戈铁马浮云天。
朔原劲草万叠山，
远空接翠碧如烟。
萦林咫尺隐复没，
川平水开山依然。
惊尘溅血在草原，
成祖飞马越江天。
长河落日天漠漠，
一心图治在江山。
天远楼台横边关，
当年烽火不见烟。
古城沧桑逢盛世，
圣祖神宗立当年。

古城吟

苍河漠漠合夕辉，
萋草复生历风悲。
边塞旧景辽宫寂，
城郭人去物已非。
朱檐落荒玉阶碎，
瓦砾散乱付劫灰。
江山别却朔风尽，
残垣化作无字碑。
世事沉浮雨打桅，
岁月堪称几轮回。
故垒销迹息金戈，
拓疆守土当属谁。
往昔楼台入荒围，
他年舞檄寻梦追。
可叹王府传轶事，
哪得罡风信口吹。

莫尔道嘎抒怀

登顶龙岩①胸臆满，

万顷苍翠映山峦。

拜谒大汗②射雕处，

挽弓策马冲云端。

气壮山河苍龙在，

开天辟地长生天。

无数峰峦谁为巅，

一目九岭③云海间。

非云非雾无远近，

忽而脚下见青山。

峰岭碧连吟不尽，

饱读山林书万卷。

注释

1. 龙岩：山名，当地称龙岩山。

2. 大汗：指龙岩山顶成吉思汗的雕像。

3. 一目九岭：莫尔道嘎国家森林公园的景点之一。

莫尔道嘎国家森林公园

叠山绿雨聚重重，
远风近雾万树同。
峰转路回走胜地，
激流一水似长虹。
千树耸云含烟翠，
隔岸锦江映日红。
微风碧叶云头下，
山抱春溪暖融融。
翻过崇岭见炊烟，
方知人已入画中。

激流河^①

急流喷沫搅龙生，

浪逼险滩斗雷霆。

遍览波涛千万迭，

声驱千骑裂长空。

空江烟雨激流洞，

绝顶峰峦错落堆。

忽觉长河追云去，

青山却似向北飞。

注释

1. 激流河：额尔古纳市境内的一条河，因地势险峻，河水流急，清澈而得名。

激流河骤雨

黑云泼墨风满天,
气卷急雨天地旋。
怒涛顷刻随瀑吼,
狂流霎时碧壑满,
浩林势挟炸雷闪,
泱涛盘岭龙渡涧。
骤雨追风川流下,
新晴尽放又一山。

白鹿岛①

丹崖叠嶂乱云中，
远山近水露峥嵘。
流泉飞瀑环岛泻，
晨烟微雨绿葱茏。
惊湍激流碧川行，
清波逆行卧壑冲。
绝壁苍松紫岩立，
山雾横绝没岭峰。
白桦秀谷苍狼顾，
古木幽径白鹿鸣。
春映芳枝新雨后，
树影屋前奕正浓。

注释

1. 白鹿岛：位于莫尔道嘎国家森林公园内。

白鹿岛秋日

松风衔叶苍山阔，
激流秋水晚来波。
初霜化露层林染，
山高云低两相合。
凉月如眉地上霜，
隔水青山雾里藏。
月露经风凝作雨，
绿树一夜换浓妆。

白鹿岛初春

苍狼白鹿碧水来，
斜阳树影两徘徊。
激流河水劈峰迈，
五月杜鹃和雪开。
远山伴雾彩云排，
拙涛轻吟画林海。
初赞兴安留残雪，
疑是富士飞天外。

吉拉林临江村[1]

锦水如茵绕碧树，
隔岸异国连江渡。
秀峰四合群山抱，
晴川欲挂小木屋。
时节正值历春暮，
日晚归牛踱方步。
衔泥春燕影子斜，
唤儿老妪连声呼。
面包列巴刚出炉，
果酱奶油欲上敷。
小伙弄琴款款跳，
姑娘摇裙翩翩舞。

注释

1. 临江村：内蒙古临江村紧邻额尔古纳河，与俄罗斯隔河相望，是一个俄罗斯族民族村，被列入第三批中国传统村落。

过恩和哈达^①感赋

瀚海苍茫碧川行，

万峰阅尽路渐成。

闻道崤函千古险，

可知兴安藏钟灵。

近览峰岭万壑平，

回看脚下浓云生。

天嶂幌削摩肩立，

半山雾下垄云中。

雨骤风驰裂电隆，

树摇枝摆傲长空。

急峡悬泻倾盆倒，

高壑飞湍争喧鸣。

岭携江流欲向东，

两河交汇入黑龙。

松涛风鸣回荡极，

碧浪横揽乃无峰。

注释

1. 恩和哈达：蒙语意为"太平岩石"，位于大兴安岭北麓腹地，坐拥黑龙江的源头——三江源。

奥古里堆山①

白绿两极云水间，
六月春霁雪初寒。
层林不知冬与夏，
飞雪满晴入寒潭。
激流倒垂牵两岸，
剪痕数峰走一川。
山劈翠峡流泉泻，
涧谷萦回复向南。
白雪浮云蓝天边，
水中富士尽悠闲。
云栈屏山仍似雪，
杜鹃寻梦满苍岩。
江峰翻澜山对雪，
山雪相对数千年。
夏去冬还浑一体，
冬去春来两相伴。

注释

1. 奥古里堆山：根河市境内景区之一，山顶终年积雪不化。

春登奥古里堆山

缥缈飞来白雪峰，

依稀欲走绿色中。

流泉半挂云中雨，

入壑迎来塞北风。

奇山跳出中原界，

秀峰南下豆晴空。

激泻北去呼啸起，

裂峡横立造化功。

遥看莽川万里涛，

势倾华岳却不同。

但使翠岭天外落，

如烟碧海展画屏。

玉泉^①感言

兴安凝翠山连山，
树海相接云海川。
举目山林尚如故，
狩猎人家引鹿还。
风衔落日青山阔，
斜阳树影伴炊烟。
营地野炊鹿哨^②鸣，
品味自然似梦中。
精彩行猎看不厌，
独享一幕猎乡情。
驯鹿高角逢盛世，
恰似林海座座峰。

注释

1. 玉泉：根河市的一处旅游景区。
2. 鹿哨：指召集鹿时吹奏的一种工具。

使鹿部落①小憩

兴安凝翠山连山，

树海相接云海川。

举目山林尚如故，

狩猎人家引鹿还。

风衔落日青山阔，

斜阳树影伴炊烟。

营地②野炊鹿哨鸣，

品味自然似梦中。

精彩行猎看不厌，

独享一幕猎乡情。

驯鹿高角逢盛世，

恰似林海座座峰。

注释

1. 使鹿部落：指根河市鄂温克族猎民聚居之地。

2. 营地：指猎民生活聚居的地方。

根　河①

绿色如波隐山林，

根河尽赏入深山。

半山亭②上登高眺，

木屋连水观玉泉。

林海深处莽兴安③，

天公惠赐根河连。

移步百景云遮岭，

密林隐处驯鹿④欢。

注释

1. 根河：为根河市政府所在地，也是一条河，注入额尔古纳河。

2. 半山亭：指根河市木屋度假村半山上一木亭。

3. 兴安岭：指大兴安岭山脉。

4. 驯鹿：指当地猎民驯养的鹿。

红花尔基

天公造物曲同工，
环山抱水远连空。
山雨纵横十几岭，
樟松隐没三万顷。
客宿木屋①圆绿梦，
盛暑闲来送清风。
明月松间藏树影，
醉卧北国密林中。

注释

1. 木屋：指景区内供游人休息、娱乐的木结构小屋。

红花尔基秋日

秋叶悄悄随风闲，
晚露木屋浓雾边。
树影云高山四面，
斜阳残暖秤秋眠。
落日平铺向山巅，
烟霞索雾云骤变。
樟林万顷长空下，
伴云起舞山不见。
苍山绿隐秋色满，
峰灵解意劲气显。
浅露衬月枝头荡，
啥时红叶半山间。
信步松间露已寒，
晚林微风叶翩翩。
惟余空高览胜地，
摇落秀色第一观。

维纳河①七月行

翠苇飞花鸟呼风，
百草没溪绿复红。
望眼天低春似海，
碧流掩映绿柳中。
高月轻雾入青冥，
春暮踏露赏画屏。
不见远山山外路，
只闻流水潺潺声。
鸟宿林空远岫明，
人归蛙静影随形。
兰泽秀色澄迥碧，
霜地浮光照花动。
朝霞成绮维河醒，
晓风复闻喧鸟鸣。
流云忽散晴芳甸，
小溪又聚垂钓翁。

注释

1. 维纳河：鄂温克旗东南140千米处的一条河，附近有天然矿泉。

维纳河

百花绣地铺远山，
薄雾掩云水潺潺。
日出霞散碧峰近，
疑是桃源似在仙。
维河六月晚春醒，
山光水色两盈盈。
林草深深不见路，
雾露纷霏似梦中。

秋临五泉山①

绿水青山知遇秋，
清泉石上空自流。
花残随风追落叶，
月露初寒夏渐愁。
林中秋水月上头，
劲气潇潇松间走。
满地斜阳层林染，
偶伴闲云岭上游。
九月空高薄雾绸，
石根云气泉中凿。
长松叶落树影下，
唯有五泉淌不休。
嵩峰远叠云作舟，
天含山气去无忧。
物事兴衰天意在，
万叶千花藏绿洲。

注释

1. 五泉山：位于鄂温克旗巴彦查岗苏木附近。

谒海兰察^①将军（一）

中原策马舞剑台，
广粤弯弓展雄才。
纵横南北横刀立，
气吞华夏跨海来。
兵戍干戈江天外，
铁骑声振万里埃。
将军百战今驻马，
壮士功名千古在。

注释

1. 海兰察：鄂温克族著名将领。

谒海兰察将军（二）

报国别苍原，
策马事戎轩。
大略展雄才，
跃马走江天。
骁勇义肝胆，
纵横万里山。
挥刀定南粤，
功名刻苍岩。
请缨入中原，
驱骑战海南。
挽弓赴华夏，
驾轼越北藩。
男儿重誓言，
征伐踏雄关。
慷慨志犹壮，
封侯荐史篇。

白音呼硕①6·15情歌节②

月明敖包③山，
倩影落草原。
微雨清风爽，
敖包遮月弯。
情牵青青草，
和唱曲河间。
由来相倾地，
不见有人还。
月老作何笑，
缘是把线牵。
郎骑蹄声近，
妹迎不道远。
羞颜顿始开，
尽在敖包边。
不待红颜动，
双飞草丛前。
郎急不识月，
纵马向玉盘。
夜疏情已妒，
月露不觉寒。

欢此同心结，

长霄抱玉鞍。

包前月光凝，

妹语犹缠绵。

知云藏月影，

恋曲动河川。

人斜明镜里，

醉月已蹒跚。

秋波月影衬，

相看两不厌。

天下情欢庆，

十六月更圆。

注释

1. 白音呼硕：指白音呼硕草原，位于鄂温克族自治旗境内，距旗所在地南39千米处。这里有历史悠久的敖包祭祀文化和清代遗址。

2. 6.15情歌节：每年6月15日鄂温克族自治旗推出的节庆活动。

3. 敖包：此敖包被誉为"天下第一敖包"，著名歌曲"敖包相会"在此诞生，也是电影《草原上的人们》的主题曲。

呼和诺尔[①]

雕弓正挽向苍穹，
敖包[②]祷祝游人倾。
谁知湖暖天鹅现，
琴弦[③]响处篝火红。
苍原沃野碧水拥，
天低云近紧相容。
雨过新晴彩虹绘，
湖光草色迥不同。

注释

1. 呼和诺尔：位于陈巴尔虎旗境内的一个著名景区，俗称"青色的湖"。

2. 敖包：原意"堆子"，是蒙古族指路的路标，现已成牧人企盼人寿年丰的祭祀之地。

3. 琴弦：指马头琴。

金帐汗^①

碧海若浪波连波，
蓝天接地水千折。
骏马翻蹄远来近，
牛羊散落挂山坡。
露草初润金帐^②阔，
嫩芽挺腰没车辙。
卧看满天白云动，
晚霞滴绿落满河^③。

注释

1. 金帐汗：陈巴尔虎旗境内的一处著名景区，是著名的草原影视基地和文化活动基地。

2. 金帐：指蒙古族行军打仗时的仪式大帐。

3. 河：此处指陈巴尔虎旗境内一条著名的河，称莫日格勒河，也称"天下一曲水"。

白音哈达^①春咏

灌木碧草溪流匆，
彩虹圈里牛羊动。
水长山远野花稠，
新雨洗后香满晴。
伊河^②两岸郁葱葱，
水暖鸭没不见踪。
蓝天满眼装不下，
只缘身在画中行。
嫩芽茁立春意醒，
花蕾半绿数点红。
缘闻潺潺清流响，
方知画卷水中封。
坡下原野送清风，
毡包躲进白云中。
旷野如毯铺天际，
胸满波澜诗兴浓。

注释

1. 白音哈达：陈巴尔虎旗内的一个景区。
2. 伊河：指伊敏河。

胡列也吐^①春行

对岸芊草绕河弯，
芳汕轻鸿洲上闲。
余霞成绮江如练，
落日堆浦云歇山。
天末月斜立炊烟，
江渚依旧揽芳甸。
夜雨空漾水更幽，
杂英丝蔓参差见。
云破晓天嫩晴见，
芦芽吐翠溅春满。
偶见白鸥捉鱼走，
曾留孤雁春水眠。

注释

1. 胡列也吐：位于内蒙古自治区呼伦贝尔市陈巴尔虎旗境内。

呼伦湖①

烟波经雨湖面兴，
涛惊气卷碧浪涌。
势搅飞龙拍岸②舞，
银山抖落千万峰。
瀚水连天吞四岸，
声喧万马裂长空。
大泽③自古育英雄，
鲜卑拓跋精气凝。
问鼎中原昭日月，
成祖凛凛八面风。
天经地志惊寰宇，
长风万里震苍穹。

注释

1. 呼伦湖：指新巴尔虎右旗内的达费湖，面积2339平方千米。

2. 岸：指金海岸，呼伦湖旁边的一个美丽景点。

3. 大泽：指呼伦湖。

呼伦湖观云

千形万象雾列空，
非阴非晴荡雄风。
疑作奇峰叠嶂起，
恰似云海惊蛟龙。
气卷风翻抖雷霆，
云里藏山水上涌。
忽而怒垂跌入涛，
霎时飞舞上苍穹。

六月呼伦湖

六月呼伦湖水满，
碧水清清润草原。
彩云伴风潜湖底，
轻波扶岸做和弦。
牧歌夕阳佛面舞，
初灯渔火伴炊烟。
方圆千里趸鱼鸥，
振翅凌空云水间。

贝尔湖①

春风春雨春潮醒，
激滟波光鱼不惊。
万顷苍翠染四面，
千片绿云水中行。
陡然千峰拍岸边，
急雨和风做和弦。
惊涛汹涌千堆雪，
浪飞气卷万座山。

注释

1. 贝尔湖：指中蒙边界的贝尔湖。

秋至贝尔湖

边塞三水动，
波稳湖面平。
涵虚天地远，
气蒸和云梦。
汹涌撼两国，
欲济浪里行。
舟至水响处，
近观垂钓翁。

乌兰泡①春咏

千鸥掠影映碧空，
肥鸭嫩草渡远虹。
引来飞鸟千万只，
春醒俱在雁鸣中。
交盖春水送清风，
候鸟捉双情语浓。
湖长波敛碧草润，
堤漫天晚辨飞鸿。

注释

1. 乌兰泡：在新巴尔虎右旗的大湿地中一个湖泊，也是候鸟的栖息地。

夏临宝东山^①有感

登高宝东俯碧川，
万里沃野大泽间。
举目东眺浮云过，
马啸羊欢起白烟。
千顷碧野不见边，
晴空接地掠近前。
忽逐苍鹰蓝天下，
绿海已凝数千年。
哈达随云猎猎唤，
千载风雨兴此山。
挥汗登顶寄长啸，
胜名共此天地边。
孤峰卓立荐史篇，
虔诚默默祝草原。
天涯四合绝壁里，
烟波草色碧云天。

注释

1. 宝东山：新巴尔虎右旗境内草原上一座突起的高山，被当地人称为"神山"。

登临宝东山

六月临宝东，
凭地势上工。
四面皆辽阔，
独尊此一峰。
草铺三万里，
满眼绿葱茏。
春风掠原野，
白云罩穹顶。
马迹尘烟起，
雄鹰傲长空。
仰天一长啸，
苍然响回声。
碧海扬波涛，
萧萧骏马鸣。

甘珠尔庙有感

青砖碧瓦连朱檐，
气宇轩昂风雨间。
禅房经诵磬音伴，
佛陀岂知还今天。
繁绵弹指越千年，
千载兴福入草原。
白云携雨看不尽，
活佛圆梦始怅然。
楼台云气欲阶前，
风翻万里尤自闲。
无边秋草弄香火，
夏闻鼓声访谪仙。
山河百战苦堪言，
他日怎奈断残垣。
暮观寂寂消沉日，
金瓯已移四十年。

甘珠尔庙

佛赴甘珠庙，
杳香钟声远。
苍苍寿宁寺，
祥光照边关。
隐隐闻烛香，
佛光落草原。
庙宇逢盛世，
千秋尚凛然。
兴废前人语，
业复祷康安。
相得兴邦业，
烟火正殿前。
闻听潇声语，
虔诚在此间。
不觉禅心净，
心期诚不浅。
功留万事俱，
公论无蜚言。
日暮禅声起，

祈祝贺丰年。

天势百业兴，

高出尘世间。

彰显今人志，

流芳数百年。

凭吊诺门罕战场（一）

哈河①上下起烽烟，

刀兵已逾八十年。

战火磷烧惊世界，

冰河喋血大散关。

西高东低如虎阚，

绝地壮哉实天险。

俄蒙侠骨震东瀛，

碧血丹心荐史篇。

仿闻炮声趵空远，

雷轰满天裂电闪。

兵马云头阵前立，

铅丸如雨迎风溅。

旌旗高处纵列舞，

可夫②筑城此为堑。

东倭侧睨图一统，

欲攫之手斩阵前。

居然乘时企一役，

谓海可填山易撼。

一朝瓦碎留荒冢，

野鬼流亡诺门罕。
谁道岁月不留痕,
云磨雨洗迹斑斑。
珠沉玉碎俱往矣,
企盼和平溢边关。

注释

1. 哈河:称哈拉哈河,部分河段为中蒙界河。

2. 可夫:苏联高级将领朱可夫。

凭吊诺门罕战场（二）

哈河千里仍自流，

沉沙鬼魂他乡走。

忍看疆城颜色改，

哪使江山付倭寇①。

铅雨难消忧国恨，

但使英杰悔难愁。

百万头颅血已凝，

谁把乾坤力挽留。

漫云将军②真英雄，

万里长风留史名。

注释

1. 倭寇：指日军。

2. 将军：指朱可夫将军。

秋临七仙湖①感怀

七仙湖畔赏清流，

马蹄随风踏绿洲。

波水相连欲忘归，

云烟伴雨又一秋。

雾笼秋色天地间，

隔山望野莽苍连。

碧波散浮似云海，

群雁成巧伴七仙。

原野万里劲气敛，

高日驱云秋雨见。

满眼金黄铺天际，

莫道塞外岁早寒。

远山隐隐水迢迢，

晨雾漂漂草未凋。

莽原大地苍茫外，

尽借江河萋萋草。

注释

1. 七仙湖：东旗境内景区。

查干湖春行

松静湖面平，
波敛鱼不惊。
对面原野阔，
马啸羊欢腾。
彩虹浮云中，
鹰傲百草风。
浪里飞舟驰，
水下绿洲停。
口落天边影，
鸭分水波轻。
天鹅相携戏，
林中听鸟鸣。
雁行伴春行，
云湿细雨生。
飞花芳草静，
入水不留声。
渡头轻风醒，
舟过百鸟惊。
绿水烟波浅，

万言寄景生。

薄雾染枝涌，

玉露挂草轻。

人醉春色里，

辞赋逸情浓。

嘎仙洞^①感言

时越千载有遗篇，
鲜卑拓跋万里迁。
莫道关山路途险，
问鼎中原缘嘎仙。

注释

1. 嘎仙洞：指位于内蒙古自治区鄂伦春自治旗内的嘎仙洞。

嘎仙洞感怀

遥望势高倚晴空，
别来千载度春风。
霸气朝横飞天外，
尽借中原北魏兴。
山横大地苍茫中，
石屋凿壁昶留名。
至今形胜登临忆，
休言万事转头空。
碧峰云绕半山停，
洞府当年议天统。
西望清溪收眼底，
苍然万古青蒙蒙。
秀峰对合石屋映，
风云此际日月同。
成败几分哪堪说，
今古轶事悠悠评。

嘎仙洞

鲜卑石室①举苍天，
洞府沉睡清流边。
从林咫尺越万丈，
千古流芳数百年。
大泽阅尽民族业，
盛乐②赓续写诗篇。
凿窟云岗③惊世界，
彪炳后昆鼎中原。

注释

1. 鲜卑石室：嘎仙洞鲜卑旧墟石室，在鄂伦春旗境内。
2. 盛乐：盛乐古城，位于内蒙古自治区和林格尔县。
3. 云冈石窟：指大同云冈石窟。

临嘎仙洞咏志

山水临嘎仙，
登临俯晴川。
凿壁苍岩侧，
足踏绝塞边。
拓跋天地外，
李昶留史篇。
茫茫九派归，
江汉北魏天。
中原问鼎志，
青史遗波澜。
沧桑云起时，
盛世岂流年。
今古传轶事，
亦付笑谈间。

达尔滨罗①行

谁劈翠谷峡势垂，

远山激流碧空追。

恰似银汉腾龙落，

俨呈堆雪化雾霏。

峰岭蛟舞随云去，

跳出仙境孤嶂巍。

怒涛欲卷飞岩走，

忽觉雷撼流泉飞。

注释

1. 达尔滨罗：鄂伦春旗的一处火山岩地貌景区。

相思谷春行（一）

半山几片云将雨，
春来乍暖气候宜。
轻风忽近人不觉，
几许飞花顿作泥。
回廊木栈紧相依，
尽赏飞花浓似雨。
秀谷一川三山抱，
杜鹃羞涩入望迷。
新晴尽放碧峰异，
团花含雾又一奇。
才讶峰晴旭日笑，
远岭又拖千嶂雨。

相思谷春行（二）

奇峰入水碧参天，

秀谷千山满杜鹃。

枝头片云一半雨，

相思花落入春涧。

日出雾裂早霞散，

滑露滴沥叶上巅。

蓝溪青岩春水响，

疑是半空挂流泉。

栈木四廊幽径连，

小溪缓缓入林间。

晓云含烟去无影，

新雨芳树挂满山。

远眺碧壑与山尖，

飞瀑鸣春云雾散。

回望远山青霭入，

极目晴川画屏展。

阿里河①相思谷②

雾霭蒙蒙碧川秀，

杜鹃③浓浓山红透。

清流飞泻谷底响，

峰涌浮云岩上走。

回廊隐没林木间，

清风习习恋耳边。

谁剪云朵树梢挂，

骚客不再咏江南。

注释

1. 阿里河：鄂伦春旗政府所在地，也是一条河。

2. 相思谷：位于鄂伦春旗所在地南43千米处的著名景点。

3. 杜鹃：指杜鹃花，特指兴安盟的杜鹃花。

布苏里①

三山两川碧水幽，
高岩深壑嘎仙沟。
密林备战藏古洞，
北国一哨②写春秋。
抚今忆昔光阴久，
绝地经年志方道。
洞府庭前游人忆，
壮行永驻将军楼③。

注释

1. 布苏里：是鄂伦春语森林茂密的意思，此处指布苏里北疆军事文化旅游区。

2. 北国一哨：当年林彪题词"北国第一哨"牌匾。

3. 将军楼：备战备荒年代将军视察时的住所。

神指峡抒怀

神指峡青天，
峰裂出自然。
湍流忽可尽，
石沉不见边。
浮云巅上行，
突元怪险连。
流泉飞瀑急，
苍松披两岸。
错落相对峙，
山在头顶悬。
苍岩抢溪水，
巍峨气冲天。
天工设剑阁，
丹峰横云见。
对岸崇崎岖，
翠屏千仞巅。
听涛万马嘶，
水中撑绿帆。
耿耿叹峥嵘，

峡出云海间。

立石凌苍苍，

万象画梁牵。

攀顶顾四野，

碧横万里山。

注释

1. 神指峡：鄂伦春旗的一处天生峡谷。

达斡尔民族园①

数岭叠山远水来，

沧江千里三面开。

此山秀出去不远，

屏风三折万里窄。

登高壮观萨满拜，

皮鼓神曲动尘埃。

新台苍雨洗春色，

祥云背水披面回。

阵深战苦动地哀，

雅克萨城折戟摆。

何人依剑斩侵敌，

力挽乾坤舞剑台。

荦确灵石依山崖，

辽金长城隐尘埃。

出入高下烟霏散，

松栋石墙交相盖。

绿林著水花影拍，

晓云含雾却低回。

青山缭绕一峰晴，

春满斡包情满怀。

注释

1. 达斡尔民族园：呼伦贝尔市莫力达瓦达斡尔旗自治区的一个景区，景区被称为达斡尔民族园。

夜宿音河达斡尔民俗园

独临小清溪，
自卧音河西。
翠林小窗近，
银河入户低。
芳草春池鱼，
夜幽蛙声稀。
晓霞破门进，
床头闻曙鸡。
晨起入花里，
勤燕衔春泥。
故巢新垒筑，
碧园又一奇。
村头杜鹃啼，
青林维鸟栖。
轻风抚枝动，
滑露疑作雨。

雅克萨城①寄语

秋水旁山三道梁，

南望长城隔一岗。

当年征战排声绝，

折戟沉沙硝烟障。

风云千古金隘长，

罗刹黑害犯我疆。

各族同忾雄魂铸，

镞雨如林败洋枪。

雅克萨城饕鼓响，

挥刀浴血溅城墙。

寒月凝记战阵苦，

山河犹在倚良将。

江水低徊诉已往，

故国冷月暗血伤。

何日复归我河山，

飞雁传语翘首望。

岁月明志细思量，

奈何重阻路叠嶂。

徒言两役不可寻,

魂归梦断入沧江。

注释

1. 雅克萨城：原为达斡尔族敖拉氏的住地，在今呼玛县西北漠河东黑龙江北岸。

拜谒萨满铜像

轻风楷发临江边，
漂泊至此天地间。
高峡楼台掩日月，
皮鼓仍撑共云山。
众生事主摇寒暑，
祷祝苍生动江天。
此曲入江亦作云，
万古环佩京月魂。
千载传唱化春雨，
玉露亦系故人心。
山移沧江惊世界，
东来紫气满乾坤。
筑此神台江气浸，
春光万里自登临。
千年祭祝多少事，
古往天高化作魂。
企盼风调雨顺日，
难得人世现真神。

登金长城①感言

塞外千里浮鸿漾，
虎视雄眈扼辽东。
苍茫蜿蜒绕天半，
划地势狭起盘龙。
凭栏决耻吞大漠，
尽卷乾坤入荒城。
故国开藩镇塞北，
朔风隆地视关雄。
鼓角烽火辽城月，
旌旗劲摆展大风。
史载三分评将略，
驱策功成谁论封。

注释

1. 金长城：即金界壕，东起莫旗，南至兴安盟，从金太宗时期开始修建，前后历经
70余年。

寄语金长城

金蒙惨淡日斗争，
干戈长驱涂生灵。
辽原积土固垒筑，
漠北风来草木惊。
何时青山起长岭，
曾留关河一水横。
古界戎马掠此地，
豪杰谁属塞外雄。
苍茫万里奈梦萦，
野蔓战骨遗荒冢。
江山相雄不相让，
兵魂销尽弃空城。
红尘几度祸乱平，
故图霸气有无中。
灰飞烟灭俱往矣，
残垣断壁势已穷。

尼尔基水库旅游区①

高峡山落湖面开，
低壑水升横坝拍。
三山经雨出飞龙，
一夜成涛如溃海。
支崖不见老山立，
卧谷曾留古河窄。
对面青山收眼底，
隔岸浪涌卷潮来。
无边风雨新泽满，
不尽波隐却低徊。
苍江何时移古道，
飞坝从此落尘埃。

注释

1. 尼尔基水库旅游区：指尼尔基水利风景区，位于黑龙江省与内蒙古自治区交界的
嫩江干流上，总面积约507平方千米。

阿荣旗朝鲜人家^①

碧水环绕绿草香，

彩蝶欢舞翩翩忙。

朝鲜人家青青舍，

阿荣特色第一庄。

农庄彩袖歌舞伴，

绿地春满鱼悠然。

斜阳芳树庭院里，

稻花香里说丰年。

注释

1. 朝鲜人家：指阿荣旗朝鲜族特色的景区。

东光村朝鲜人家

云光细雨村头酒，
柔桑稻黍三两家。
雉飞鸭走池边闹，
鸡鸣犬吠日西斜。
草檐彩灯两廊挂，
茜袖绿红似抖纱。
客舍六月春正暖，
庭院芳翠夕阳下。
清风华露月初牙，
繁星媚眼抚枝丫。
古榆影乱夜更幽，
春池水响润稻花。

王杰广场①

岁月如梭忆沧桑，

赤子情烈荐他乡。

毅然舍身赴危难，

流芳千古著华章。

水雾升腾天一方，

情愫牵动泪已滂。

拜谒英雄祭奠处，

王杰精神再兴邦。

注释

1. 王杰广场：王杰是20世纪60年代的英雄人物；此处指阿荣旗境内为纪念英雄王杰所建的一个广场。

王杰广场吊英灵

华夏悲壮士，
九州祭英雄。
生命尤可贵，
气概贯长虹。
吊君思无畏，
怀贤泣英灵。
今日寄豪壮，
千古流芳名。

GECI 歌词篇 PIAN

呼伦贝尔颂

天地间流淌着绿色

兴安岭溢出的江河

彩云追着太阳飞过

伸向天路远方的车辙

大草原不眠的篝火

唱出心中永恒的歌

天地间透着粗犷辽阔

环宇间闪烁的星河

白云依着蓝天飞过

载着与太阳最近的勒勒车

蒙古包漠漠的炊烟

传颂牧人永久的诉说

天地间涌动着的传说

诞生英雄的长河

随风吹散的故事

烈酒酿成永远的颂歌

各族儿女的跋涉

永留心中的铭刻

我的呼伦贝尔啊

头顶界河雄鸡高歌

我的呼伦贝尔啊

背依兴安绿海如波

我的呼伦贝尔啊

千顷沃野辽阔

我的呼伦贝尔啊

脚踏两湖弄潮来贺

我的呼伦贝尔啊

唱出心中永恒的歌

呼伦贝尔的风

你让雪花飘向天边

就是银色的浩瀚

银色的大地

银色的梦幻

是银色把江山装点

你让雪花飘上了云端

就是银色的山川

银色的森林

银色的树干

是圣洁把江山装点

啊……呼伦贝尔的风

吹一遍是绿色

吹一遍是蔚蓝

吹一遍是金黄

吹一遍是洁白无限

啊……呼伦贝尔的风

你把银色放眼里

我把蔚蓝捧在心坎

你把金色熔人怀里

我把洁白扎在心间

呼伦贝尔·梦中的向往

人们都说你的云朵飘香

我说你的绿色是凝固的海洋

呼伦湖的清澈 贝尔湖的鲜亮

大地上的牛马驼羊

多么令人向往 多么令人向往

人们都说你的天边吉祥

我说你的大地是绿色的海洋

额尔古纳激流 克鲁伦的流淌

滋润着肥沃的牧场

多么令人向往 多么令人向往

我抚摸着天地间的绿色

你是草原的脊梁

唱着长调我的心飞翔

飞翔在辽阔的草原上

我亲近着绿波如浪的兴安

你是民族的脊梁

寻着根脉我的心珍藏

珍藏在兴安岭上

草原啊 兴安岭上

你是我的梦想

你就是我的天堂

你是我梦的向往

你是我梦中永远的向往

呼伦贝尔在哪里

呼伦贝尔在哪里

呼伦贝尔在哪里

在那辽阔的草原里

英雄的巴尔虎土地

穿过云层的长调传万里

成吉思汗的故事里

亘古的业绩随风传递

根脉扎在兴安岭的天地

呼伦贝尔在哪里

在绿海如波的森林里

问鼎中原的历史印迹

铭刻在中华一统的故事里

呼伦贝尔在哪里

在华夏壮美的山河里

呼伦贝尔在哪里

在波澜壮阔的北疆土地

呼伦贝尔在哪里

在民族复兴的奇迹里

毡房的诉说

我童年的毡房

总记得炊烟伴着夕阳

那爱的滋润

流淌出温暖的歌唱

那酒的壮行

伴我走四方

无论我走到哪里

都渴望着奶茶的甜香

我生命的毡房

总记得乳汁哺育中成长

滋润爱的徜徉

让我终生难忘

欢乐的毡房

总记得炉火伴着草香

那火的洗礼

伴着长调的悠扬

那不眠的篝火

马头琴声的高亢

让我的思绪伸向远方

生命的毡房啊
留下了我的思念
在辽阔的草原上
毡房的呼唤
在耳边回响
在耳边回响

永恒的爱

追寻祖先的足迹走来

呼伦贝尔神武的风采

成吉思汗迎亲的画卷

敞开草原一样的胸怀

啊，呼伦贝尔

浩瀚如沧海

你的亮丽闪烁在塞外

你给我壮美

我还你豪迈你的恩情如山的爱

追寻民族的历史走来

化铁出山的烙印犹在

千年草原把英雄承载

铸成守望相助的山脉

啊，内蒙古

不朽如沧海

各族儿女携手未来

你给我血脉

我还你时代

你是我心中永恒的爱

心中的草原

无边的原野连着远山

斜阳正红一年又一年

满载着一个天边的梦想

传递着心中不灭的信念

见天地回首历史的容颜

哺众生原野已越万年

历史早已久远

各族儿女因草原血脉相连

穿越亘古时光的微笑

从远古走到今天

无边的原野连着远山

绿色的梦幻一年又一年

满载着一个坚定的信念

传递着心中永恒的眷恋

看草原注目英雄史诗

酒壮行化作神奇诗篇

牧人千年跋涉

各族儿女因草原血脉相连

瞭望雄鹰展翅蓝天

从草原飞跃天边

草原的阳光

春风荡尽了寒霜

大草原换了新装

小草尽情地飞长

有阳光而舒畅

辽阔的草原啊

你向着阳光欢歌

白云下的雄鹰

迎着阳光而坚强

春风留住了暖阳

大草原换了新装

孩子们走出毡房

温馨留在脸上

辽阔的草原啊

你向着阳光欢歌

夕阳下的母亲

迎着阳光而慈祥

草原的阳光

欢腾着牛马驼羊

草原上的阳光

让小河欢欢流淌

草原上的阳光

让马背更加坚强

草原上的阳光

让牧人充满希望

让牧人充满希望

草原吉祥

看那连绵的山岗

辽阔如海的牧场

洒满大地的牛马驼羊

奔驰的马群浩浩荡荡

还有那飞驰的白云

见证我的成长

春天里遍地野花飘香

秋天里满山满眼金黄

冬天里大地白雪茫茫

哦，仿佛是梦里的天堂

游子们依恋的故乡

欢快的百灵为你歌唱

浓浓绿色为你梳妆

还有那炊烟伴着草香

悠扬的长调伴着梦乡

梦回大地也吉祥

人人向往的地方

梦回大地也吉祥

人人向往的地方

草原记忆

记忆里的草原

在我思绪中守望

天高水远

也闻到那青草的甜香

记忆里的草原

有阿妈那祥和的目光

天涯海角

也叩击我那滚烫的心房

记忆里的草原

阿爸有力的肩膀

天南地北

总能感受到那坚强的力量

记忆里的草原

长调悠久鸣唱

山高路远

激起我对草原的神往

青草的甜香童年的模样

滚烫的心房不再忧伤

坚强的力量不再彷徨

走近你大草原

我走在茫茫草原

绿色的波涛无际无边

千年历史黄沙漫漫

载着牧人心酸的昨天

那么多记忆

好像祖先在呼唤

草原的博大

在苍穹与天地之间

民族的强悍在塞外升腾

铭刻多少丰功伟业

还有根脉不变的信念

我走近茫茫草原

绿色如波无际无边

新时代弄潮在今天

守望相助时代的赞叹

各族儿女

面对未来的召唤

逐梦大草原

在蓝天与碧海之间

大山的信念血脉喷涌

带着牧人的希望

带着追赶太阳的誓言

我们是兴安

我是草原

我们就是明天

草原牧歌

蒙古包升腾的牧歌

唱出了草原的辽阔

不眠的篝火

燃烧着我的心窝

飘向远方的长调

在我的心中碾过

摘一颗闪亮的星星

照亮前方的车辙

就像跳动的音符

伴着炊烟日出日落

蒙古包升腾的牧歌

唱出了草原的辽阔

车轮的跋涉

装载着牧人的故事

唱响在遥远的星河

渴望在我心中流过

扯一片天上的白云

装扮着牧歌的音色

就像思念在漂泊

跳动着奶茶明亮的炉火

草原的牧歌是嘱托

在我心中铭刻

草原的牧歌是信念

我在心中永不干涸

永不干涸

向往草原

总想扯一片天上的白云

把对草原的思恋带给太阳

总想捧起清澈的湖水

把草原的野花润得更香

总想驾着天上的彩虹

把草原绿洲荡漾

总想把清流扯到天上

把对草原的眷恋歌唱

草原啊草原

心有多远路有多宽绿色芬芳

草原啊草原

时光悠远梦也漫长向往的地方

草原啊草原

篝火正旺长调悠扬向往的地方

草原啊草原

奶茶飘香随风轻扬向往的地方

草原啊草原

我向往的地方

我的梦里天堂

我的梦里天堂

草原的呼唤

草原的呼唤

在梦里千遍万遍

捧读你的故事

回味你的神秘悠久岿然

草原的呼唤

跨越了云海之巅

感受你的身躯

我们血脉相连

无论我走到海角天边

总要回到你的跟前

生命中的草原

写下了永恒的诗篇

梦中的草原啊

博大的姿态

平铺在苍穹与大地之间

多少次倾情的依恋

你就是方舟

把牧人渡往梦想的花园

梦中的草原啊

你柔情的呼唤

萦绕在耳边

多少回急切的企盼

化做母亲的抚慰

让牧人泪流满面

梦中的草原啊

辽阔无边

拥在你的怀抱

感受豁达与坚强的历练

你山一样的信念

让牧人爱你千遍万遍

梦中的草原啊

伟大而庄严

你是古老美丽的神话

续写着壮美的故事

苍生大地安宁祥和永远

牧人梦想的家园

草原上的河

草原上有条神奇的河
她的名字叫莫日格勒
蒙古文字般百转千折
载着牧人千年的跋涉
由天边缓缓流过
从远古走到今天
草原血脉波澜壮阔
草原上有条静静的河
她的名字叫莫日格勒
蒙古文字般百转千折
穿越亘古时光的巍峨
像生命的火种闪烁
在我心中深沉流过
草原故事丰碑座座
草原上有条天赐的河
她的名字叫莫日格勒
蒙古文字般百转千折
彩云在你头顶飞过
歌声在你身边飘落

你是恩赐的清波

你是爱的嘱托

你是牧人的希望

你是呼伦贝尔永远的颂歌

永远的颂歌

梦里草原

追着牛羊从早到晚

趟过小河把太阳赶下山

迎着风雨信念不改变

历经寒暑到天边

牧人的辛劳把收获紧挽

祖先的烙印梦绕魂牵

春夏秋冬行走天地间

顶着霜雪誓言不改变

追梦无悔在人间

牧人的心愿盼马啸羊欢

长调悠扬毡房炊烟

飘过山岗把爱传播千年

大地根脉执着不改变

篝火不眠到永远

牧人的期盼在梦里草原

长调永远是诗篇

远古的呼唤

梦幻千年

天上的白云把季节追赶

勒勒车的辙印辗着光阴

敖包的祈福诉说历史

是长调把时光的演绎留给了草原

远古的呼唤在梦里云端

蒙古包的炊烟把太阳追赶

骏马与牛羊相伴

篝火旁歌舞不眠

是长调把生命画卷留给了草原

远古的呼唤在遥远的天边

绿色的期盼温暖的春天

金色的希望冬雪的祝愿

毡房里的奶茶煮着香甜

是长调把鲜活的诗篇留给了草原

啊……

长调是时光长调是画卷

长调永远是诗篇

信　念

不知道草原有多宽

那是我梦里的家园

阔别的草原啊

还是那美丽的画卷

不知道梦有多宽

那是我心灵的家园

如今再回到草原

圆了我心底那份挂牵

草原宽

梦也宽

梦中的草原永远是家园

千里万里在天涯

心底的信念是对家的期盼

梦中的希望

雪花飘落在北方

那是我的家乡

飘过原野

飘过山梁

散落在雪原上银色的毡房

雪花飘落在北方

那是我的家乡

跨过河流

跨过山岗

散落在牧场上欢腾的牛羊

雪花飘落在北方

那是我的家乡

银色林海

银色牧场

雪中的雄鹰勇敢地飞翔

雪中的故乡啊

我梦中的天堂

阿妈 瑞雪中的眺望

阿爸 脸上晶莹的风霜

蒙古包生命的炊烟

那是梦中的希望

春天的畅想

像雪花一样

像雪花一样

不必扇动翅膀

向着天空自由的飞翔

展开对世界的想象

就像雪花一样

不必扇动翅膀

向着大地欢快的飞翔

展开对希望的想象

就像雪花一样

借助风的力量

满怀对信仰的希望

拥抱理想的光芒

我要像雪花一样

掠过原野 掠过山岗

飞过高山 越过海洋

向着心灵的方向

飞翔飞翔

大森林的邀请

捧着一片片树叶

内心流出绿色的诗行

把清新的空气留给思恋

把热情的邀请寄给远方

那是大森林的方向

摘下一束束花香

把大树的根脉寄给心房

把炽热的衷肠寄托远方

那是根脉的方向

大森林的邀请

早已在天空飘荡

那是驯鹿的长队

那是林海的鸟语花香

那是红豆的相思

那是白桦林的热切的目光

那是林间小河的情怀

那是峰峦云涌的高昂

啊……心灵回归的地方

壮美亮丽天地间

草原的神往是我努力的方向

草原啊 你永远在我身旁

壮美亮丽天地间

我瞭望遥远的天边

绿色流淌天地之间

小河静静流向遥远

深沉的琴声落在草原

我背起行囊亲近在她的跟前

悠扬的长调回荡在云端

我寻着歌声走近包前

炉火奶茶泡涨了爱的温暖

啊，呼伦贝尔

你用母亲慈爱的胸怀

孕育生命的草原

我追着白云眺望鸿雁

古老的车辙载着信念

辽阔草原唱响壮美的梦想

守望相助的诗篇

写下了民族的强悍

啊，呼伦贝尔

各族儿女同声高歌

壮美亮丽天地之间

我瞭望遥远的天边

绿色流淌天地之间

兴安巍巍雄浑伟岸

苍狼白鹿在这里流传

我寻着祖先的印记越过千年

民族的根脉永驻在深山

我跨上骏马穿越林海

苍岩古洞铭刻着山的庄严

啊，呼伦贝尔

你用父爱如山的胸怀

孕育生命的摇篮

我沿着山岭寻觅着残垣

古老的传说化作誓言

连绵兴安唱响壮美的梦想

守望相助的诗篇

记载着根脉的绵延

啊，呼伦贝尔

各族儿女同声高歌

壮美亮丽天地之间

蓝天下绿草上

我的家乡在蓝天下绿草上

蒙古包炊烟袅袅 小河静静流淌

天地大草原兴安滚滚绿浪

我的家乡在蓝天下绿草上

勒勒车越过千年 永远赶着太阳

波光呼伦湖腾吉斯海白鹿苍狼

我的家乡在蓝天下绿草上

成祖策马驰沙场 拓跋北魏开疆

肥沃大牧场悠悠牛马驼羊

我的家乡在蓝天下绿草上

三少子民强壮 民族歌舞悠扬

逐梦新时代 热血奔涌回荡

这就是我的家乡

蓝天下绿草上

根脉深扎兴安岭

逐梦新时代

汇聚磅礴力量

我的大兴安

走近你起伏的山峦

一目九岭涵烟

览不尽碧波如海

数不完满眼杜鹃

我捧起清冽的泉水

那曾是白鹿的乐园

走近你如海的山峦

红豆相思如恋

读不完壮美的诗篇

铭记你大山的信念

我饮马在清凉的小河

那曾是苍狼的家园

我的大兴安哟

林海松涛阵阵

激流滚滚向前

我的大兴安

苍岩古调千年

草原根脉誓言

我的大兴安哟

白桦美丽如初

清流温馨装点

我的大兴安哟

你像热血儿男

壮美的画卷

你像热血儿男

壮美的画卷

扎兰颂

天拜山下扎兰

雅鲁河畔

塞外江南

绿树成荫

清流悠远

秀水清澈如练

天拜山下扎兰

长城如磐

民族强悍

中东铁路兴安绵延

吊桥摇曳百年

天拜山下扎兰

沧海桑田

时代变迁

守望相助梦想呈现

我们血脉相连

天拜山下扎兰

面跳松嫩

背倚兴安

方圆千里天池群落

秀美万里山川

啊我的扎兰

秀美万里山川

梦回故乡

有一个神奇的地方
青草为伴 绿色飞扬
壮美的大地 辽阔的牧场
那是我的故乡
你的博大让我深情向往
你的恩情让我终生难忘
有一个神奇的地方
白云为伴 星河荡漾
温馨的毡房 炊烟伴夕阳
那是我的家乡
你的温暖浸润我的心房
你的身躯始终让我凝望
多少次梦里回故乡
香甜的美酒在心里流淌
感恩你的哺育在胸中疯长
化作我深情的歌唱
多少次梦里回故乡
勒勒车追赶着太阳
古老的长调在云中回荡
我的梦在天边飞翔
我的梦在天边飞翔

故乡情

在兴安脚下

在长城的起点

来自童年的梦想

用歌声书写诗篇

曾经的炊烟

守望着桑田

小小的村落

记载着难忘的乡恋

还有那亲人的笑脸

越过草原

跨过兴安

深怀着如饥的渴望

奔向那艺术之巅

在长城的起点

在田野乡间

少女花样年华

为梦想告别家园

曾经的伙伴

难忘的童年

小小的课桌

铸就坚实的梦幻

只缘曾经的企盼

越过草原

跨过兴安

满怀着坚韧的执着

放歌千里草原

啊，多情的斡包为我梳妆

神圣的萨满为我祝愿

我们六〇后

人生短

岁月久

浮生相伴用生命守候

世事沉浮不惧怕

难忘的年代中行走

闯进生命旋涡不回头

人生短

岁月久

平凡若梦青春不曾挽留

艰难困苦不言弃

抗争命运我辈从头

生命的赞歌热血铸就

人生短

岁月久

抚平伤口经历满春秋

历尽艰辛不退缩

凄风苦雨中希望索求

身影迎着日出日走

人生短

岁月久

重整旗鼓血脉身上流

面对抉择不绝望

再多忧伤也宽厚

民族脊梁忠诚永留

人生短

岁月久

寒暑交替留了又走

荣辱半生别了昨天

何惧失去所有

山一样的信念

任凭沧海横流

我们六〇后

抒写世界担当依旧

不惧人生短、岁月久

不惧人生短、岁月久

我们这一代

黑土地的烙印

仍留着滚烫的心

把生活的信仰融入大地

这是一代永不服输的人

是奋斗

是血泪

铸就了不能忘怀的雄魂

黑土地的烙印

仍留着最强的心音

把沉沦毅然抛在身后

这是一代自强不息的人

是前行

是初心

凝聚了炽热不朽的根

黑土地的烙印

仍留着不屈的信仰

河山崛起的信念在血液里翻滚

这是一代永不言败的人

是努力

是眷恋

承载着共和国的艰辛

啊

这是一代无悔的青春

这是一代日月星辰

是信仰的力量

铭刻着不朽的功勋

无言的思绪

今夜凭栏再倚

寒风迎头再遇

真情动荡如风

夜尽曙光无期

思念何妨从头起

花开花榭已残

感慨当年思绪

我盼一腔热血

等你迟来归期

却待春风化雨时

今夜满天悲绪

美丽烟花乍起

不绝回声烟雨

酒醒新愁忧思

念温存何时再续

浓秋长夜漫漫

残酒余温思不尽

能否白头再聚

思念随风

思念何妨从头起

思念随风

思念何妨从头起

天使在担当

寒风里的诗行

冰雪里的忧伤

迎着逆流挺身而出

担当在征途上

温情是诗行

真爱是暖阳

边关有我一路芬芳

天使的使命永不彷徨

奋斗是诗行

豪迈在脸庞

有我在你的身旁

有天使在曙光就在前方

扫一片阴霾

还一方晴朗

前方永远是雪后的光芒

天使在承诺

寒夜慢慢，星光闪烁

鲜红的旗帜，逆流有我

热血滚滚，天使在承诺

踏上征程，真情不落寞

真爱在热土铭刻

寒风凛凛，热情如火

闪亮的党徽，边关有我

坚毅的身影，天使在承诺

停不下，挺身而出

放不下，无悔的选择

万众一心，写春秋

众志成城，战狂魔

天使在承诺

真爱的温暖

不知道你是谁

看不清你的脸

你踏上征程的时刻

那是最危险的瞬间

世界都为你震撼

不知道你的名字

只听到你的誓言

你逆流而上的时刻

那是爱的温暖

世界都为你赞叹

那是爱的奉献

那是生命的呼唤

那是爱的承诺

那是爱的永远

人间最美的语言

走到一起来

跨上骏马

走到一起来

大草原的呼唤

只为你的风采等待

追着太阳

走到一起来

从西到东的相聚

只为你生命的精彩

寻着足迹

走到一起来

化铁出山的地方

铸就了那梦的山脉

怀着梦想

走到一起来

成吉思汗迎亲的草原

汇成了和谐的碧海

啊，各族儿女奋力超越

你给壮美

我还你豪迈

啊，各族儿女挽起高山

你给我亮丽

我们奔向未来

为梦相约

我们相约

相约在呼伦贝尔草原

同铸梦壮美行

亮丽风景线

民运牵国脉连

梦想天地间

千山万水的呼唤

只为你风采展现

我和你相聚

相聚在兴安岭的云端

松涛涌地平线

行走云海间

血脉融民族悍

梦圆天地间

正北方的情怀

只为你生命点燃

啊，我们情同手足

只为你风采展现

啊，我们血脉相融

只为生命点燃

六〇后的精彩

不忘那个年代

今天新潮澎湃

我的梦没有遗憾

如今醒来

人生只有直播没有彩排

要么精彩

要么淘汰

没有人相信

命运如安排

今天的世界

只要初心不改

才会创造未来

人生梦想展开

走向世纪的舞台

我的梦想至今犹在

从头再来

人生希望承载

追梦现在

要么拼搏

要么徘徊

只要怀有梦想

平凡也自在

明天的世界

只要怀有期待

才会创造未来

海兰察将军颂

像骏马离别了家园

你可听见大森林的呼唤

驰骋战场的时刻

那可是万里江天

远方是千里关山

征战路途漫漫

你可思念长河落日大漠炊烟

建功社稷初心依然

像执着的鸿雁飞离了家园

你可闻到青草的香甜

山高路远的时刻

那可是阔别的草原

蒙气冲天的气概

践诺了曾经的誓言

越新疆

去福建

战海南镇守边关

跨上马踏破万里河山

莫日格勒河

不知道流淌了几千年

正是那条童年的河湾

长调牧歌

千古不变

绿色的原野

牧人家守护的河畔

万里牧场在天边

故事在毡房里面

不知流淌了几千年

还是那道熟悉的河湾

敖包篝火勒勒车

千古不变

夕阳下得远山

牛羊漫步的河畔

千条辙印在山岗

铭刻在火热的心间

莫日格勒河哟

每道弯都珍藏着

牧人的昨天

每朵浪花都诉说着

牧人的心愿

梦醒春日

都说那三月多寒风

刮来的春雨满是情

飞舞的残雪无息无声

那是冬天告别的诉说

春日的雪在清融

暖阳铺草大地入画中

都说那春日也多情

沃土新草沐浴着春风

破土的小草坚强的身影

那是生命希望的象征

遮不住的绿色生命在苏醒

梦里的草原又回想象中

春天来了梦已醒

春天来了孕育生命中

爱的承诺

人海中闪烁白色的灯火

爱从来没有沉没

心底的信念牵着你和我

时光在轮回里交错

在平凡中执着

病魔肆虐

天使从不懦弱

希望中闪现黎明的轮廓

曙光里坚定你和我

我们坚信爱的力量

还有那不变的承诺

任凭变幻太多

任凭血泪滂沱

坚信爱的力量

坚信不变的承诺

百年之恋

庆祝建党100周年

南湖红船遵义会议

伟大的长征

改变了历史

你用平凡的身躯

诠释了民族梦想的奇迹。

百年沧桑，百年风雨

百年期盼，百年创举

你拥有我，我拥有你

守望相助，风雨同舟

我们生死相依

我们不离不弃

南湖红船遵义会议

伟大的长征

改变了历史的轨迹

你用伟岸的身躯

创造了民族强盛的奇迹

百年图强，百年不屈

百年辉煌，百年功绩

你拥有我，我拥有你

团结奋斗，同舟共济

我们生死相依

我们不离不弃

目　光

常常隔着山岗眺望

把思恋寄给远方

那山河 那山梁

都有目光丈量

目光虽在大漠草场

期盼却始终在我身旁

常常隔着云雾眺望

春日里满眼希望

夏日里满目欢畅

秋日里满眼收获

冬日里满目忧伤

啊，这是妈妈的目光

那目光跳动在琴弦上

那目光揉进了歌声里

那目光望断了斜阳

那目光在我的心坎上流淌

那目光的色彩在脸上

那目光在我流浪的路上

那目光沉醉在我的梦乡

GANWU 感悟篇 PIAN

过秦楼·叹人生志坚

望断天边，

人生苦短，

白驹过隙怎还？

流萤飞过，

昙花一现，

转瞬已是百年。

凭栏静夜良思，

久不成眠，

光阴似箭。

堪岁月更迁，

步入中年，

良谋怎荐？

空冥里风雨无痕，

建功斯绵，

趁时报国志坚。

乘风弄潮，

度势争先。

力展盛世宏愿。

凭却江湖天，

为吾立台，

倚天舞剑。

信天地遨游，

雄瞻万里河山。

摸鱼儿·苦乐年华

匆匆逝去秋寒暑,

岁月去又复来。

惜年华花开花落,

可知人到中年。

追寻处,

春去也,

苦乐常伴天涯路。

光阴不再,

短暂屈指数。

蓦然回首,

可怜无暇顾。

莫徘徊,

寻幽探奇流逝,

也学英雄时务。

驾轼良谋倚天剑,

凭却盛世共舞。

与君勉,

功名利禄烟云皆化尘土。

唯此意慰，

登高怀远处。

前景正在，

吾辈著今古。

汉宫春·经历

意气年华，
倚天骄故地，
烈荡界河。
放眼莽川，
视诚守为大节。
仗义执言，
民为天，
龙游边关。
人多误，
诗情文略，
已化才气昭然。
万事亦作重来，
抓盛世机遇，
跃马扬鞭。
打造游人乐土，
万顷草原。
应待客流，
何人悦，
功在当前。

瞻未来，

乘风好去，

男儿建功为天。

青玉案·人生路

风雨兼程人生路,

惊回首,

芳龄去。

似锦年华匆匆度。

细寻前迹,

弥坚如初,

机遇怎贻误?

然岁月渐近春暮,

叹芳生空成今古。

施良谋却无寻处。

可堪岁晚,

书生再图,

神州中兴路。

小重山·自叙

四十余载呼伦行。

梦断别边境，

今已醒。

搔首白发空悲切。

怎等闲？

壮志化惊鸿。

来去仍匆匆。

情怀入青冥，

是归程？

此身终事家国赴。

驾长车，

永唱大江东。

念奴娇·校友别

山高水长，
借东风，
执手话别情浓。
天南海北皆成栋，
各展雄才伟略。
怎舍离情，
吾辈当年，
英姿勃发时。
雄浑剑气，
如今各奔西东。

何言江海平生，
豪气寄寓，
依依话珍重。
哲下寄语雄风展，
不付今日重逢。
哲人存古，
意垂丹青，
千古一荡胸。
苍天夙借，
河岳叹此远行。

临江仙·湖边畅饮感言

忆昔年湖上豪饮，
平添壮言激情。
长空岁月待春风。
连岸涛声里，
流年去无踪。
六十余载皆归梦，
壮歌烈酒伴行。
誓变山河著功名。
古今多少事，
白首化归程。

沁园春·登高退思

归程何自？

登台望月，

意入青冥。

退思飞九天，

独赏月明，

阴晴圆缺，

来去匆匆。

老合投闲

顿觉其中，

余进酒将与谁共？

叹华年，

载去岁月多，

白驹漫行。

银汉迢迢万里，

怎收尽他乡老书生。

叹今古文章，

虚设好景，

回头过尽，

怎视功名？

人生如梦。

一池碎萍,

便纵有千般无奈。

问苍穹,

月沉日出何?

西风夜冷。

蝶恋花·弥志

回首平生历百端，
感慨万千，
飞短流长伴。
为官诚守识大节，
几任恪尽志弥坚。
更缘盛世潮头立，
沧海击楫，
破浪使大船。
寄谋放眼施良策，
博采众长不忌嫌。

青玉案·夜读

静夜案牍劳形苦，

傲孤独，

诗词赋。

心缘物感凝思处，

情随事迁，

通晓天地，

睿智纸上出。

字里畅游观世变，

目览江天阅今古。

千秋轶事可堪评，

兴衰暗度，

光阴如斯，

书成谁与故？

鹧鸪天·叹壮年

壮年挥斥劲方遒，
挽弓骑射志已酬。
疆吏诚守视大节，
寻取中流震列侯。
忆往昔，
叹今吾。
春暮鬓染吾搔首。
寄得万言安邦策，
行将数语作诗由。

采桑子 · 惜华年

时光不觉烙沧桑，
留春不住。
岁月匆匆，
几度去又几时停。
叹年华几盏淡酒，
寒暑过客。
如梦惊醒，
此一生何时读懂？

［后　记］

　　呼伦贝尔与我有不解之缘，1983年大学毕业时，正值青春好年华，凭借着自己的一腔热血和使命与呼伦贝尔初次相遇，那时青春年少，坚定不移地投入到了呼伦贝尔的各项事业之中。

　　四十多年前，我只身一人来呼伦贝尔大草原。孤独的自己，只带了简单的行李和一些随身的书籍到了这片陌生的土地。从那时起我便与呼伦贝尔大地结下了情缘。那时候的我对呼伦贝尔的了解是一种在悬崖边上的对接，陌生的地域，一切都需要重新熟悉。从那时起我的生命及未来开始与呼伦贝尔相融相依，无法分离。

　　这四十年里，我目睹了呼伦贝尔改革开放以来的巨大变化，尤其是从事旅游业之后，我所学的专业，也得到了用武之地，我的情思融到了呼伦贝尔的发展中，灵感随之而来。四十年多来我陆续创作了诗词、歌词一千七百多首，本书收录了三百多首。无论诗词，还是歌词，都是以呼伦贝尔丰富的旅游资源为依托，以旅游景区、景点以及自然风光为载体创作的。或直抒胸臆，写景、写情，或情景融为一体，充分体现出心缘物感、情随事迁的自然状态。创作的灵感都源于呼伦贝尔丰厚的自然资源、悠久的文化古迹和民族情怀，以及草原的辽阔、森林的原始、河湖的天然和民俗的独特。尤其是歌词的创作，以重点烘托诗画境界为创作方向，通过歌唱在字里行间展现生活画卷、宏伟画卷，表达本人对呼伦贝尔的无限依恋和热爱。

　　总之，呼伦贝尔大草原，以及以呼伦贝尔为载体的一切，呼伦贝尔大森林，大森林里遗留的一切故事及传说，都已构成本人诗词、歌词创造的灵感源泉。诗人歌者的创作热情流淌在草原，创作的根脉永远扎在高高的兴安岭上，创作的力量永远激荡在厚重悠久的历史积淀的根基上。

　　值得一提的是，在这本书成集过程中，我的爱人赵燕在我创作的关键处提出了很多建设性意见，而且有的被采纳。北京市悦读天下国际教育科技有限公司董事长赵金刚先生及其战友王明考先生，呼伦贝尔市人民政府办公室翻译科的敖德女士，为这本书的面世付出了辛勤的劳动，本人在这里表示衷心的感谢。

　　特别鸣谢：呼伦贝尔市文联、报社、广播电视台、残联，以及根河市敖鲁古雅景区等为本书的出版发行提供了友情赞助。在此表示诚挚的谢意！

闫传佳

2023年3月18日